PANDORE,

POËME

EN TROIS CHANTS.

RIOM,

J.-C. SALLES, Imprimeur-Libraire.

PANDORE,

POËME

EN TROIS CHANTS;

Par Charles CHAISNEAU, ancien Professeur de belles-lettres, Membre de la Société académique des sciences et de l'Athénée des arts de Paris; auteur d'une Mappemonde et d'un Atlas d'histoire naturelle, etc.

.... Musarum sacerdos
Virginibus puerisque canto.
HOR.

A PARIS,

Chez ARTHUS - BERTRAND, Libr.
rue Haute-Feuille, N.º 23.
1808.

PANDORE,

POËME

EN TROIS CHANTS.

JE voudrais chanter le chef-d'œuvre du fils du grand Jupiter, exilé dans l'île de Lemnos ; je voudrais dire comment une statue qu'il conçut et exécuta pour rentrer dans les cieux, fut animée, sous le nom de PANDORE, par le feu céleste, et embellie de tous les dons des dieux. Faudra-t-il ajouter qu'une boîte mystérieuse lui fut remise pour le malheur des humains ?

O Pandore ! je n'invoquerai ni Vulcain qui te forma de ses mains divines,

ni Jupiter de qui tu reçus le mouvement et la vie, ni les dieux qui t'em-
bellirent. Toi seule, ô Pandore, toi
seule fixeras mes vœux, et seras ma
déité; applaudis à mes chants, et déjà
je me crois plus que Vulcain, plus que
Jupiter, plus que tous les dieux ensemble.

CHANT PREMIER.

Vulcain, né laid et difforme, n'avait jamais vu ses augustes parens lui sourire : jamais il n'avait joui de leurs tendres embrassemens ; on dit même que, depuis sa naissance, il n'avait cessé d'être l'objet des railleries de toute la cour céleste. Un jour, que les vapeurs du nectar avaient échauffé les têtes immortelles, et qu'on s'abandonnait aux folies de la gaieté, Vulcain fut, selon la coutume, le jouet et la victime de cette belle humeur. Que ne produiront pas sur l'amour-propre de Jupiter les sarcasmes des dieux subalternes? Il les voit, avec un dépit secret, exercer leur malignité sur Vulcain ; et maudissant plus que jamais la conformation de son fils, dont il sent la honte rejaillir sur lui-même, il ne peut contenir la fougue de sa colère ; le dirai-je? Vulcain, l'infortuné Vulcain est précipité du haut des cieux.

Déjà le Dieu disgracié, loin de l'Olympe, tourbillonne dans le vague des plaines étoilées ; les nuages gémissent sous le poids de son corps et s'entr'ouvrent : l'atmosphère terrestre le soutient encore ; bientôt l'île de Lemnos est étonnée de le recevoir dans son sein. Que le jeune Icare, porté sur ses ailes de cire, s'approche trop près du soleil, qu'il tombe et périsse dans les flots de la mer ; que Phaëton, conduisant le char de son père, soit emporté par de fougueux coursiers, et que déjà frappé de la foudre, il disparaisse au milieu de l'Eridan ! O Icare, ô Phaëton ! j'admire votre noble audace ; mais j'eusse prédit à l'un et à l'autre le funeste sort que vous éprouvâtes. Je conçois de même le ressentiment du souverain des dieux, lorsque des géans qui voulaient escalader le ciel, furent ensevelis sous l'Ossa, le Pélion et les autres montagnes qu'ils venaient d'entasser. Quant à Vulcain, qu'avait-il fait ? pourquoi le précipiter des cieux sur la terre ?

Cependant Jupiter, qui conservait quelques sentimens d'amour paternel, trouva le moyen d'adoucir les malheurs de son fils. Eole commandait aux vents ; Bacchus était le Dieu du vin ; Apollon régnait sur le Parnasse ; Vulcain eut en partage l'empire des métaux et du feu. C'est dans l'île même de Lemnos, sous des rochers noirâtres et sourcilleux, dont la cime béante vomit des cendres, du bitume et des flammes; c'est dans l'intérieur de ces montagnes, dans un antre profond que Vulcain vient de placer ses ateliers, et que désormais de vigoureux cyclopes travailleront sous ses ordres. Déjà Bronte, Stérope et Pyracmon font résonner les enclumes sous les coups de leurs marteaux, qui se relèvent tour-à-tour, et retombent en cadence; tandis que d'autres forgerons, dont les mains sont armées de tenailles, tournent et retournent les métaux pour les applatir, les arrondir, les façonner à leur gré. Ici, l'air reçu dans d'énormes soufflets en est à l'instant rejeté pour embrâser de vastes foyers, et entretenir ces fournaises ardentes. Là, des métaux isolés ou confondus font briller dans le creuset leur surface tremblante; plus loin c'est le fer déjà préparé que l'on trempe dans l'eau, où il frémit en bouillonnant; il s'y purifie, se durcit et devient un élastique acier. Vulcain préside à tous les travaux : le platine, l'or, l'argent, le cuivre, le plomb, l'étaim, le zinc, le cobalt, le mercure lui-même si difficile à fixer, tous les métaux, ingénieusement combinés, se

convertissent tantôt en coupes brillantes où
le nectar sera versé par la jeune Hébé et le
beau Ganimède ; tantôt on forge ces fou-
dres, dont le père des dieux se servit contre
les titans audacieux, et dont il se sert encore quelquefois pour épouvanter les humains. On vit bientôt paraître le trident de
Neptune, l'égide de Pallas, le char de
Vénus, et celui du Dieu de la guerre. C'est
des ateliers de Vulcain que sortirent et le
bouclier du pieux Enée, celui du bouillant
Achille, et les armes de ce héros, qu'Ulysse
et Ajax devaient se disputer un jour avec
tant d'ardeur, comme la plus digne récom-
pense des plus grands services rendus à la
patrie. Vulcain se propose aussi de fabri-
quer et les portes du palais du Soleil, et son
char étincelant de mille feux.

C'est ainsi que le fils de Jupiter, exilé
dans l'île de Lemnos, consacrait ses loisirs
à des ouvrages immortels. Tant il est vrai
qu'à l'école du malheur on s'élève presque
toujours au-dessus de soi-même par des
talens ou des vertus, que peut-être des cir-
constances plus heureuses n'eussent pas fait
naître !

Cependant Vulcain, qui sentait circuler

dans ses veines le sang de Jupiter, projette de rentrer dans les cieux pour y occuper le trône auquel sa naissance lui donne des droits. Il passe en revue tout ce qu'il a fait jusqu'alors dans l'île de Lemnos ; il se demande si quelqu'une de ses productions ne pourrait pas flatter le souverain de l'Olympe, et lui être offerte en hommage. Malgré les chefs-d'œuvre qui l'environnent, Vulcain est mécontent de tout ce qu'il voit ; il voudrait faire mieux encore, et se surpasser lui-même ; il rêve, il médite, il réfléchit ; puis tout à coup dans l'enthousiasme de ses idées sublimes, il s'écrie : *Je l'ai trouvé ! je l'ai trouvé !* Tel Archimède, à Syracuse, se livrait aux élans de son génie, lorsque par la solution d'un problême, il proclama son immortalité.

Vulcain appelle les cyclopes, et leur parle ainsi : « Illustres compagnons de mes « travaux, recevez de nouveaux ordres, et « montrez-vous dignes de m'avoir pour « chef, en exécutant le grand projet que « j'ai conçu. Rendons ce jour à jamais cé- « lèbre en fabriquant la plus belle des sta- « tues, en faisant une FEMME, qui le dis- « pute en grâces, en majesté, en beauté à

« Pallas, à Vénus, à Junon; que le père
« des dieux, en voyant cette merveille, re-
« connaisse que Vulcain est son fils ».

Il dit, et donne aussitôt communication
de son plan; il en fait remarquer l'ensemble, il en explique les détails. Vulcain ex-
pose ensuite la manière dont il veut que la
statue soit exécutée, et prescrit à chacun
des cyclopes ce qu'il doit faire. Tous ont
écouté avec attention, tous s'empressent
d'obéir. Les travaux ont commencé, et se
continuent chaque jour avec la plus grande
activité et le plus grand soin. Déjà les os,
les cartilages, les nerfs et les muscles sont
plus ou moins consolidés; les vaisseaux sont
creusés et remplis de liquides prêts à recevoir le mouvement. Vulcain s'est réservé la
fabrication du cerveau, des yeux, du cœur
et de toutes les parties les plus délicates. Le
mécanisme de cette statue est admirable;
on n'en voit pas encore le jeu, on le devine,
il se laisse pressentir. Vulcain seul sait comment le tout est organisé, comment les diverses parties intimement liées forment la
perfection de l'ensemble. Dieu de Lemnos,
dis toi-même ce que je voudrais dire, décris
l'intérieur de cette statue, l'heureux résultat

des plus hautes conceptions. C'est sur le rachis ou la colonne vertébrale, déjà si merveilleuse, que repose tout l'édifice plus merveilleux encore. Le cœur, qui doit être le principe de la circulation du sang, est composé de vaisseaux artériels et véneux qui, s'étendant par des ramifications presqu'imperceptibles jusqu'aux extrémités du corps, y porteront la chaleur, la nourriture et la vie. Les poumons ou les organes de la respiration sont composés de cellules destinées à recevoir l'air atmosphérique, dont l'oxigène en contact avec le sang doit rendre ce fluide plus vermeil, et en accélérer le mouvement. C'est dans le cerveau, dans le mésocéphale que se trouve l'origine des nerfs qui, répandus sur tous les points de la statue, feront naître, d'après les impressions des objets extérieurs, mille sensations, et par suite les idées, sources de toutes les connaissances. Pourrais-je oublier ce viscère qui, par son suc gastrique, hâtera la digestion des alimens que la statue doit prendre un jour, lesquels réduits en chyle, ne tarderont pas à se sanguifier et à s'assimiler aux molécules premières, pour servir à leur entretien ou à leur développement ?

Parlerai-je des glandes qui sécrètent, éla-
borent les différentes humeurs; des pores
qui facilitent l'absorption et la transpira-
tion ; des muscles dont les fonctions seront
d'une part d'élever, d'abaisser, d'étendre,
de tourner, de fléchir, de roidir les diverses
parties de la statue; d'autre part, de fournir
cette substance charnue qui, recouverte par
un tissu cellulaire et une enveloppe trans-
parente, offre à l'œil enchanté les plus beaux
contours et les plus belles formes? Comment
admirer assez les organes des sens, le nerf
optique et le cristallin de l'œil où des rayons
de lumière, en se brisant, répéteront l'image
des objets colorés ; le nerf acoustique, et
le tympan, et les osselets de l'oreille si pro-
pres à transmettre les vibrations des corps
sonores ; le nerf olfactoire et la membrane
nasale où s'imprégneront les molécules
odorantes ? Que dirai-je de l'organe du
goût et des papilles nerveuses de cette lan-
gue assez souple pour affecter toutes sortes
de formes, assez mobile pour paraître vol-
tiger, et toujours prête à s'enfuir, si elle
n'était attachée par sa base à l'os hyoïde?
Remarquons aussi comment le tact, ré-
pandu sur toute la surface de la statue,

s'exercera principalement dans les mains,
au bout de ces dix doigts si flexibles, dont
deux, quoique moins alongés que les autres, leur sont opposables; et de cette merveilleuse disposition des parties, que de
chefs - d'œuvre doivent naître un jour dans
les différens arts? Je n'ai point encore parlé
de l'organe de la voix, des articulations,
du diaphragme, du trisplanchnique, et des
cavités formées par les os du crâne, du tho-
rax et du bassin. Je n'ai point encore parlé
de cette double faculté de se tenir sur ses
pieds, dans une position absolument ver-
ticale, et de se transporter d'un lieu dans
un autre avec plus ou moins de vîtesse;
mais comment décrire des prodiges sans
nombre? Il serait plus facile de compter les
grains de sable qui couvrent les bords de la
mer, les feuilles des arbres qui ombragent
les forêts, les étoiles qui brillent au-dessus
de nos têtes dans une belle nuit d'automne.

Plein d'espérance et de joie, Vulcain admire son nouvel ouvrage, il s'en applaudit;
mais, dans sa jouissance, il garde le calme,
le sang-froid qui convient à un Dieu. Les
cyclopes s'enorgueillissent d'avoir travaillé
au chef-d'œuvre de Vulcain; et, se livrant

aux transports de la plus bruyante gaieté,
ils vont, reviennent, courent, sautent,
bondissent dans la caverne qui retentit sous
leurs pas tumultueux. Telles étaient les bac-
chantes échevelées, lorsqu'elles célébraient
dans leurs orgies la conquête des Indes;
couronné de pampres, et assis sur son char
traîné par des tigres, des lynx et des pan-
thères, Bacchus, le beau Bacchus recevait,
en souriant, les hommages des mortels.

Achevons de peindre d'un seul trait la
statue du fils de Jupiter. Une longue che-
velure dorée descend en boucles ondoyantes
sur ses épaules aussi blanches que l'ivoire;
sa gorge est admirable, son sourire enchan-
teur; taille élégante et svelte, beaux bras,
pieds mignons........ Que d'attraits, que de
majesté! plus belle que les plus belles filles
d'Agrigente, la statue de Vulcain eût pu
servir de modèle aux pinceaux de Zeuxis;
c'est elle que Phidias avait dans la pensée,
lorsqu'il exécuta cette statue d'or et d'ivoire,
qui ne le cède qu'à son Jupiter olympien.
Apelle essaya de la représenter sous les traits
de la belle courtisanne d'Alexandre, qu'il
peignit sortant du sein des ondes; Praxi-
tèle a voulu la figurer dans les deux statues

qu'il vendit à un si haut prix aux habitans de Cos et de Gnide. C'est la Galathée de Pygmalion, c'est la Vénus de Médicis ; c'est elle , c'est la statue de Vulcain qu'Homère a chantée sous le nom de la belle Hélène ; le Tasse sous celui d'Armide ; Ovide et Tibulle sous les noms de Corine et de Délie. C'est elle encore que le sublime Milton a vue dans les bosquets d'Eden , et le sensible Pétrarque sur les bords de la fontaine de Vaucluse. Ainsi dans tous les tems et chez tous les peuples , les arts imitateurs s'efforceront à l'envi de rendre cette statue sous des images plus ou moins fidèles , s'ils sont jaloux de fonder leur gloire sur le vrai type des grâces et de la beauté.

O Vulcain! il est tems d'exécuter le projet que tu as conçu ; remontes dans les cieux, tu y seras accueilli, comme tu le mérites, et par ton père qui te rendra toute sa tendresse, et par la cour céleste qui , se gardant bien de renouveler ses sarcasmes , ne cessera d'applaudir à l'immortel ouvrage du Dieu de Lemnos.

CHANT SECOND.

Une longue traînée de feu sillonne encore la plaine éthérée que Vulcain a parcourue.... Lorsqu'il eut pénétré dans le brillant séjour de l'Olympe, il déposa devant le trône du grand Jupiter sa statue, couverte d'un voile à demi-transparent ; puis s'inclinant, il dit :
« Exilé sur la terre, je n'ai point oublié ma
« céleste origine ; et voulant reparaître dans
« les cieux, j'ai tâché de conquérir, par un
« chef-d'œuvre, un droit qui m'appartient
« déjà par la naissance. O mon père ! si tu
« n'as pas entièrement banni de ton cœur
« tout sentiment d'amour pour ton fils ,
« permets-lui de s'enivrer de nouveau du
« nectar des dieux , et de t'offrir le plus
« parfait ouvrage qui soit sorti de ses
« mains ».

En parlant ainsi, Vulcain a détourné le voile qui couvre la statue ; Jupiter est étonné de ce qu'il entend , et encore plus de ce qu'il voit. Pour la première fois le Souverain des dieux jette sur son fils un coup-d'œil de satisfaction et de tendresse. Vulcain pour-

suit : « O mon père, s'il est vrai que cette
« statue, dont je te fais hommage, soit
« digne de fixer tes regards, ajoute à ma
« reconnaissance par un nouveau bienfait.
« J'ai employé dans la fabrication de cette
« statue toutes les ressources de mon art,
« toutes les forces de mon génie, mais elle
« n'est encore qu'une matière inerte, inac-
« tive, inanimée. C'est à toi seul, grand
« Jupiter, qu'il appartient de lui donner
« la sensibilité, le mouvement et la vie.
« Mille ressorts sont cachés dans son inté-
« rieur ; animes-les d'un souffle divin, de
« ce feu céleste qui n'est qu'une émanation
« de toi-même, et l'instrument de la puis-
« sance créatrice ».

Jupiter sourit à Vulcain ; il incline son
sceptre d'or sur le marchepied de son trône
éternel ; à l'instant le tonnerre gronde, et
se fait entendre dans l'Olympe, sur la terre
et dans les enfers. A ce signal extraordinaire,
tous les dieux reconnaissent celui que donne
Jupiter, quand il veut les assembler pour
de grands événemens ; chacun d'eux s'em-
presse de quitter son empire respectif pour
se rendre dans les cieux. Apollon s'était lancé
sur le rapide Pégase ; et déjà laissant loin

derrière lui l'Hélicon, le fier coursier faisait retentir l'Olympe de ses hennissemens. Mercure, tenant en main son caducée, précède le char de Vénus, attelé de deux colombes; déjà l'on entendait le bruit du carquois de la fille de Latone : on l'apperçut bientôt elle-même avec son arc et ses flèches. Bacchus avec son thyrse, Neptune avec son trident, le sombre Pluton, le superbe Dieu des combats, Minerve armée de pied en cap, telle qu'elle sortit du cerveau de Jupiter. Pan, Flore, Cérès et Pomone, tous les dieux et toutes les déesses parurent dans l'Olympe, et y prirent le rang qui leur est assigné. Junon s'était placée à la droite de son époux, pour partager avec lui les hommages de toute la cour céleste. Quelle auguste assemblée, et sous quels traits pourrais-je la représenter dignement ! Peindrai-je l'aréopage d'Athènes dans les plus beaux jours de sa gloire; ou le sénat romain, tel qu'il parut à Cinéas, à Brennus lui-même, lorsqu'à la tête des Gaulois, et tout étonné de la majesté des pères de la patrie, il les compare à des dieux ? Transportons-nous encore par la pensée sur ces monts fameux, où le Dieu des beaux-arts, accompagné des muses, se plaît à chanter sur sa lyre harmonieuse, et la matière, et l'espace et le tems ; et les lois qui servent de base à notre système planétaire, et les merveilles de la nature sur le globe que nous habitons. A la voix d'Apollon, on voit accourir les plus beaux génies de tous les siècles depuis Homère et Théophraste jusqu'à Newton, Linneus, Montbeillard, Lacépède et Voltaire ; depuis Platon et Aristote jusqu'à Pascal, Rousseau, Buffon, Delille et Montesquieu. Je m'arrête...... Au milieu d'une belle nuit d'automne, si mon œil satisfait contemple les corps lumineux, dont est parsemée la voûte céleste, vainement je voudrais nommer tous ces astres, dont l'ensemble me ravit et m'enchante ; je me borne à saisir les principales constellations de l'empirée ; et quand j'ai proclamé les Sirius, les Fomalhaut, les Arcturus, les Aldébaram, je crois avoir rendu mes hommages à tous les feux allumés dans l'immensité de l'espace.

Hâtons-nous de rentrer dans les cieux. Jupiter, au milieu de la plus auguste assemblée, lui tient ce discours : « Dieux et « Déesses, que je ne convoquai jamais que

« pour recevoir mes ordres ou célébrer de
« grands événemens, écoutez la voix de
« votre souverain. Vous avez applaudi
« Neptune, lorsque d'un coup de son tri-
« dent, il fit bondir, sous vos yeux étonnés,
« le superbe coursier. Minerve, armée de
« sa lance, faisant sortir du sein de la terre
« l'olivier en fleurs, obtint l'unanimité de
« vos suffrages. Vous avez à célébrer en ce
« jour un chef-d'œuvre plus merveilleux
« encore ; que chacun de vous porte ses
« regards sur la statue que Vulcain vient
« de déposer aux pieds de mon trône......
« Vous croyez peut-être que cette statue
« respire, qu'elle est un autre vous-même,
« tant elle réunit de charmes, de grâces
« et de beautés! Ne vous y trompez pas,
« cette belle créature n'est encore que ma-
« tière, son organisation est passive ; il lui
« manque une *âme*, et c'est Jupiter lui-
« même qui veut la lui donner. Je vais en
« faire un être vivant et sensible; PANDORE
« sera son nom : Pour vous, dieux et
« déesses, secondez ma volonté, perfec-
« tionnez, embellissez Pandore ; que cha-
« cun de vous lui communique une étin-
« celle de sa divine essence » !

Il dit : un profond silence règne dans tout l'Olympe....... Jupiter laisse échapper de son front auguste quelques rayons de lumière, qui se dirigent sur la statue de Vulcain ; elle en est investie, elle en resplendit ; mais cette vive lumière ne brille qu'un instant au dehors, elle a pénétré l'intérieur de la statue. Jupiter fait un signe au fils de Cypris ; Amour, qui le comprend, agite son divin flambeau ; soudain mille prodiges se succèdent : une teinte légère, semblable à l'éclat d'une rose réfléchie sur un lys, commence à colorer les joues de Pandore ; l'incarnat s'imprime par degrés, et avec plus de force, sur ses lèvres vermeilles ; sa bouche sourit, ses yeux s'entr'ouvrent, Pandore sent qu'elle existe. Quel instant de triomphe pour Vulcain ! On ne dit plus qu'il est le Dieu de la difformité, on n'admire que la beauté de son génie ; Pandore occupe toutes les pensées. Jupiter, qui vient de l'animer, ne cesse de la contempler avec un tendre intérêt ; Amour tient ses mains dans les siennes, et lui fait éprouver des sentimens qu'elle ignore.

Cependant les dieux et les déesses se disposaient à faire à Pandore, chacun un don propre à l'embellir. Jupiter donne à Pandore une portion de son intelligence : la mémoire qui rappelle le passé ; l'imagination qui devance l'avenir ; la pensée, en un mot, qui s'aidant de ces deux facultés, semble ne fixer le présent, que pour mieux percevoir et juger. Junon, l'auguste Junon communique à Pandore cet air de grandeur et de majesté qui en impose, cette noble fierté qui sied bien à son sexe. La déesse de Cythère, de Chypre, d'Idalie, de Gnide, de Paphos et d'Amathonte remit à Pandore sa ceinture ; pouvait-elle être plus magnifique dans ses dons ? La beauté, sans la sagesse, serait plutôt un mal qu'un bien ; elle conduirait à de grandes fautes, si l'on ne savait en faire un bon usage : Pandore, reçois de Minerve l'amour de tes devoirs, le doux penchant de la vertu ; souviens-toi que tous les dons de la figure et de l'esprit n'auront de valeur qu'autant que tu les rehausseras par les charmes de ton innocence. L'offrande la plus agréable que tu puisses faire aux dieux, sera toujours celle d'une âme pure et sans artifice, d'un cœur bon et compatissant. Je suis amie de Minerve, disait la chaste Diane : j'ajoute à ce qu'elle t'a donné, la candeur, la modestie, les grâces ingénues, la craintive pudeur, qui, lors même qu'elle semble embarrasser, embellit tout, et donne un prix inestimable aux moindres choses. Apollon enjoignit aux muses d'inspirer à Pandore le goût des sciences et des beaux-arts, et sur-tout la douce persuasion, cette éloquence qui émeut d'un seul mot, d'un sourire, d'un regard, d'un geste, quelquefois par l'énergie du silence. Que sa gaieté, que son enjouement, disait encore Apollon, parvienne à dérider le front de l'homme, dont elle doit être la compagne, à dissiper ses idées noires et mélancoliques, à tempérer la rudesse de son caractère, à répandre quelques fleurs sur son passage dans la pénible carrière de la vie.

Ainsi les dieux aimaient à perfectionner la statue de Vulcain, que Jupiter avait animée du feu céleste. Formée dans l'île de Lemnos, elle était déjà belle, parce qu'elle était l'ouvrage d'un Dieu ; mais depuis qu'elle est l'ouvrage de tous les dieux ensemble, elle est plus belle encore. C'est dans Pandore que se trouvent réunis le beau physique et le beau moral. Je vois en elle seule mille femmes célèbres par leurs talens ou leurs vertus : c'est Sapho, dont les habitans de Mytilène ont gravé l'image sur leur monnaie, pour s'acquitter de tout ce qu'ils doivent aux doux sons de sa lyre ; c'est Cornélie qui, montrant ses enfans, disait : *Voilà mes bijoux et mes plus beaux ornemens ;* c'est une Elizabeth d'Angleterre, une Christine de Suède, une Blanche de Castille, une Jeanne d'Albret ; c'est Dacier qui traduit Homère ; c'est du Chastelet qui explique la philosophie de Leibnitz, et commente Newton.... Je ne puis pas décrire ici toutes les fleurs que le printems fait éclore, toutes les pierres précieuses que la terre renferme dans son sein, toutes les perles qui s'arrondissent au fond des mers. Revenons à Pandore ; elle a reçu des dieux le germe de tout bien et de toute perfection. Au milieu de l'Olympe, dans l'attitude de l'étonnement et du respect, Pandore balbutierait en vain ce qu'elle sent ; sa reconnaissance ne peut être mieux que dans son cœur. Cependant Jupiter lui parlait ainsi : « Pandore, vous devez tout aux dieux qui « vous ont faite ce que vous êtes ; n'oubliez « jamais les biens que vous recevez d'eux

« en ce jour....... Mais vous allez quitter
« l'Olympe pour habiter un séjour moins
« brillant ; ce n'est qu'après avoir demeuré
« quelque tems sur la *terre ;* ce n'est qu'a-
« près y avoir fait le bonheur et les délices
« de la société que vous aurez embellie,
« qu'il vous sera permis de revenir dans les
« cieux , occuper la place qui vous y est
« réservée. Descendez donc sur la terre,
« où vous régnerez par le pouvoir irré-
« sistible de vos charmes et de vos vertus.
« Ainsi le veut le destin ». Jupiter s'arrête
un instant ; puis montrant à Pandore une
boîte mystérieuse , il reprit : « Gardez-vous
« d'ouvrir cette boîte que je vous remets;
« le destin vous le défend. Si jamais vous
« succombiez à un mouvement de curio-
« sité, tremblez, Pandore; tremblez , tous
« les maux, renfermés dans cette boîte , en
« sortiraient en foule pour inonder la terre....
« Allez, Pandore , veillez sur vous-même;
« c'est par votre obéissance que vous méri-
« terez mon amour ».

CHANT TROISIÈME.

Conduite par Mercure, et portée sur un nuage de roses, Pandore est descendue sur la terre. Dirai-je ses premières sensations, ses premières pensées dans ce nouveau séjour où régnait alors un continuel printems? L'air était pur, le ciel était serein; tous les objets de la nature, éclairés d'une douce lumière, offraient aux regards de Pandore le spectacle si varié des formes et des couleurs; la verdure et l'émail des prés, l'ombre silencieuse des forêts, les eaux limpides qui descendent des collines en murmurant, tout l'étonne et l'enchante. Pandore ne peut ouïr, sans en être attendrie, le chant mélodieux des oiseaux cachés dans le feuillage ; elle respire le suave parfum des fleurs, et ces odeurs la remplissent d'un sentiment d'amour pour elle-même; sa main a cueilli des fruits vermeils, sa bouche s'entr'ouvre, et les goûte; quelle saveur! quelle nouveauté de délicieuse sensation!.... Mais quand Pandore vit des animaux de toute espèce se jouer autour d'elle, puis tout à coup s'éloigner avec rapidité, puis revenir à ses pieds, et s'y reposer, quelle fut sa surprise! ...... Mais quand l'*homme* apparut à Pandore, quelles vives émotions n'éprouva-t-elle pas à l'aspect de cet être, qui avait avec elle tant de ressemblance, et plus que tous les êtres qu'elle avait vus jusqu'alors!..... Est-ce moi, disait Pandore, ou si c'est plus que moi, mieux que moi?... Je ne décrirai pas comment ces deux êtres, faits l'un pour l'autre, connurent le plaisir d'aimer et d'être aimé; il suffit de savoir que ces deux moitiés d'un même tout rendirent grâces aux dieux d'avoir doublé leur existence, en les réunissant.

Des siècles se sont écoulés depuis la descente de Pandore sur la terre, jusqu'au moment où j'écris son histoire; d'autres siècles s'écouleront encore, et toujours les institutions sociales, se succédant rapidement, disparaîtront comme de légères vapeurs : elles ne sont que les reflets fugitifs d'un seul et même esprit constamment semblable à lui-même, quoiqu'il s'offre sous mille faces diverses. Le cœur humain se peint également à chaque âge sous différentes couleurs; mais malgré ces teintes nuancées on reconnaît le type originel, d'où découlent tous les goûts, toutes les passions, tous les penchans, toutes les volontés. Dans les scènes physiques qui se succèdent aussi, et peut-être plus rapidement encore, l'œil attentif du philosophe n'apperçoit qu'une série de formes variées, qui ne sont elles-mêmes que de nouvelles combinaisons dans les principes constitutifs et inaltérables du grand tout. Nœud de l'unité, âme du monde, feu sacré qui embrâses tous les êtres, que ton empire est puissant ! Voyez sur le gazon ces deux bergers assis près l'un de l'autre ; voyez ces deux oiseaux perchés sur le même rameau ; voyez l'hyménée des fleurs dans le calice qui s'entr'ouvre ; par-tout la nature tend et parvient à son but par le plaisir. Voyez encore, dans les êtres inorganiques, les molécules et les masses se rechercher, s'attirer, se réunir selon les lois des affinités ou de la gravitation, pour la cohérence ou le mouvement des corps, et vous aurez saisi la vraie cause de l'harmonie de l'univers.

Il y avait déjà quelque tems que Pandore jouissait de tous les biens que Jupiter lui avait promis : « Sans doute, disait-elle, un jour qu'elle se promenait seule sous des

berceaux de fleurs et de verdure, « sans
« doute les dieux, en me donnant l'exis-
« tence et une âme sensible, m'ont com-
« muniqué une portion de leur nature; et
« la terre que j'habite ne différerait guère
« de l'Olympe, s'il ne m'était défendu........
« Pandore avait les yeux fixés sur la *boîte*
« que Jupiter lui avait remise : Oui, re-
prend-elle en poussant un profond soupir,
« je le sens, il manque quelque chose à
« mon bonheur. J'oublie qu'il m'est permis
« d'user de tout, quand l'usage d'une seule
« chose m'est interdit. O Jupiter, je veux
« obéir à tes ordres, et je ne sais ce qui me
« porte à les enfreindre...... Mais pourquoi
« m'avoir donné cette boîte, si ce devait
« être un crime de l'ouvrir? Pourquoi m'a-
« voir mise dans la possibilité d'encourir
« ta disgrâce? tu avais été si bon à mon
« égard!........ Tu t'intéresses encore assez
« à mon bonheur pour ne point m'éprouver
« plus long-tems; parles, et qu'il me soit
« permis...... Ouvrons cette boîte, que je
« voie..... Non, je ne veux rien voir; je ne
« l'ouvrirai pas. Ai-je oublié le terrible ar-
« rêt du destin? *Tremblez, Pandore, trem-*
« *blez; si jamais vous succombiez à un*

« *mouvement de curiosité, le bonheur fui-*
« *rait loin de vous ; tous les maux inon-*
« *deraient la terre.* C'en est fait, je veux
« obéir au destin.... » Alors Pandore parut
plus tranquille ; elle fit quelques pas en
regardant avec plus d'intérêt tous les objets
de la nature. Un instant après elle disait :
« Quoi ! me punir aussi griévement pour
« une légère faute ! Condamner ma posté-
« rité à expier un crime qu'elle n'aura pas
« commis ! Comment concilier une telle
« sévérité, peut-être une injustice, une
« barbarie, avec la sagesse et la bonté des
« dieux ! Mais leurs décrets sont impéné-
« trables : est-ce à moi d'en sonder la pro-
« fondeur ? Obéissons....... Je placerai cette
« boîte loin de mes regards pour n'y songer
« jamais ; n'y songer jamais ! ...... Hélas !
« son image est gravée dans mon esprit en
« traits ineffaçables, elle me suivra par-
« tout. Il me semble que cette boîte ren-
« ferme le complément de mon être, qu'une
« nouvelle lumière va m'éclairer, que des
« plaisirs plus purs...... O dieux, comment
« résister au désir qui me presse» ! Pandore
avait les yeux fixés sur la boîte mystérieuse ;
trois fois sa main essaye de l'ouvrir, et

trois fois sa main tremblante s'y refuse. Le dirai-je ? La passion a triomphé, la boîte fatale est ouverte.

Au même instant le tonnerre gronde ; l'éclair sillonne la nue, et la foudre est tombée non loin de Pandore sur de beaux arbres qu'elle a réduits en cendres : Pandore s'est évanouie.

Quand les compagnons d'Ulysse eurent ouvert imprudemment les outres où le Dieu d'Eolie avait renfermé tous les vents, ces vents se déchaînèrent sur la mer avec violence ; Ulysse fit naufrage; il eut le malheur de perdre ses vaisseaux et ses compagnons, et ce ne fut qu'après bien des années qu'il put revoir sa chère Ithaque. Tel fut encore le malheureux Orphée : il avait obtenu de Pluton, pour prix de ses accords harmonieux, qu'il ramènerait sur la terre sa chère Eurydice; mais il lui avait été défendu, sous peine de la perdre pour toujours, de jeter sur elle un seul regard avant d'être sorti du royaume sombre. Déjà ils étaient prêts l'un et l'autre de quitter l'Averne; Orphée précédait Eurydice, lorsqu'impatient de crainte et d'amour, il cède au désir qui le presse. Hélas! il se retourne, il voit Eurydice, mais il la voit pour la dernière fois.

Pandore ne revient de son évanouisse-ment que pour voir tous les maux se ré-pandre en foule sur la terre. La mort, l'af-freuse mort, l'impitoyable mort s'offre déjà sous mille formes différentes; les maladies du corps, les chagrins de l'âme composent sa noire escorte. Au lieu de la santé, le pre-mier de tous les biens, on ne verra que fiè-vres brûlantes, gouttes, migraines, obstruc-tions, péripneumonies, calculs et catarrhes. Au lieu d'un doux loisir et de l'abondance, on ne verra que le pénible travail, la faim et l'indigence. Au lieu de la paix, qui fait le charme de la vie, on ne verra que trou-bles, agitations, inquiétudes, soucis ron-geurs. Déjà la discorde fait siffler ses ser-pens, et les passions s'agitent en sens con-traires. L'orgueil et l'ambition démesurées, l'égoïsme et le vil intérêt, les haines invété-rées, les vengeances secrètes, la noire trahi-son, la calomnie, l'ingratitude, la basse ja-lousie, l'avarice affamée, l'hypocrisie, le fanatisme qui aiguise ses poignards, la su-perstition qui va traînant ses chaînes sacrées toutes dégoûtantes de sang..... O hommes, êtres si faibles, si imparfaits, et qui n'avez qu'un instant à vivre, pourquoi vous persécuter, vous entre-déchirer les uns les autres?....... Ainsi l'âge de fer devait succéder à l'âge d'or : la terre si féconde par elle-même, ne produira plus qu'à force d'être cultivée ; les animaux se fuiront ou seront sans cesse en guerre ; l'homme ne naîtra que pour souffrir ; il ne vivra que pour mourir ; les ténèbres, l'ignorance et l'erreur seront le partage de son esprit, il se perdra dans la folie de ses pensées. Toujours mécontent de son sort, il jalousera celui des autres ; il changera à chaque instant de volonté ; il verra le bien, il l'aimera, mais il ne fera que le mal, tout en le haïssant. On ne parlera que de vertu, que de bonheur ; mais le bonheur et la vertu ne seront nulle part. Fausse amitié, faux zèle, faux dévouement ; la vérité, la bonne foi, la bienfaisance, la justice seront bannies de dessus la terre. On recherchera avec ardeur les richesses, les honneurs ; on s'efforcera d'acquérir des talens, mais quel usage fera-t-on de ses talens, de ses richesses et des dignités où l'on sera parvenu ?

O abîme de misères ! Tel est l'état déplorable du séjour que nous habitons, depuis

que les maux de toute espèce sont sortis de
la boîte de Pandore. On dit que l'*espérance*
était restée au fond de cette boîte, mais
qu'elle en sortit bientôt après, pour passer
dans le cœur des pauvres humains.

Précieuse espérance, quand le présent
afflige nos regards par de noires images,
tu te hâtes d'y substituer la perspective d'un
riant avenir ! Ce n'est là souvent qu'une
ombre de félicité passagère, qu'un vain si-
mulacre de bonheur ; mais qu'importe, si,
par une erreur de l'imagination, nous avons
été quelques instans moins malheureux !
Oui, c'est toi seule qui nous soutiens dans
cette vallée de larmes : Tu sais par des
songes flatteurs et de brillans fantômes, par
de douces illusions et d'agréables chimères,
tu sais adoucir nos maux, nous consoler
dans nos peines, diminuer l'horreur de notre
sort, tempérer la rigueur de notre destinée.
Sans toi, sans l'espoir d'obtenir l'objet de
ses vœux, de trouver un terme à ses dou-
leurs, à son chagrin, à sa misère ; sans l'espoir de revoir un jour cet ami, cet enfant,
ce bon père, ou l'épouse que la mort nous
a enlevés ; sans l'espoir d'une vie meilleure
dans le séjour même des dieux, l'homme

dirait à la terre de s'entr'ouvrir sous ses pas,
pour l'engloutir dans ses profonds abîmes,
ou aux montagnes de descendre pour l'ense-
velir sous leurs débris amoncelés ; car la
vie serait plus affreuse que la mort même.

FIN.

www.ingramcontent.com/pod-product-compliance
Ingram Content Group UK Ltd.
Pitfield, Milton Keynes, MK11 3LW, UK
UKHW021654090726
13657UKWH00004B/1951